Flor de Fénix

Nelson Fernández

ISBN: 979-8-36-395670-6

PRIMERA REPRESENTACIÓN

PREMIOS QUINTANA DE ORO (2017)
- S.D. Rep. Dominicana

Reparto (2017):
Virginia Woolf: Hanely Jimeno
Anacaona: Jisell Sánchez
Juana de Arco: Vicky Medrano
Marie Curie: Kirsys Núñez

Producción (2017):
Nelson Fernández
Loren Peña

Dirección (2017):
Loren Peña

Musicalización (2017):
Nelson Fernández

CONTENIDO

DEDICATORIA

A las raíces que de la suciedad hacen surgir flores.

A todas las mujeres que sacuden el mundo desde su realidad.

A mi madre.

A mi.

SINOPSIS

Cuatro mujeres se encuentran entre la tercera y cuarta dimensión. Llevan juntas un tiempo indefinido, donde han intentado conocerse, pero ninguna puede recordar quién es (o era), qué hace en ese lugar ni lo que ha dejado en su pasado. En sus intentos por recordar, una de ellas descubre que sueña con su pasado y empieza a rememorar poco a poco hasta que todas conectan con un oráculo, que les ayuda a renacer.

DESCARGO

Esta obra presenta una historia ficticia, planteada en otro plano existencial donde los personajes, aunque representan personajes reales de la historia, no son reales. La obra no pretende ser una predicción ni representación de la realidad, todo es fantasía.

ACTO ÚNICO

Empieza en oscuro, Juana, Virginia, María y Anacaona están en un cuarto oscuro, en cuclillas, las luces se encienden hasta un 50% y las cuatro mujeres empiezan a subir al mismo tiempo que las luces van abriendo. Una vez de pie, caminan hacia una mesa y se sientan a tomar café.

JUANA

Me costará rezar a ver si algún día recuerdas que el café lo tomo sin azúcar.

ANACAONA

Disculpa, a veces olvido lo amarga que es tu vida.

MARIA

¿Crees tú que esto es una vida, lo que sufrimos nosotras?

VIRGINIA

La vida es un sueño, el despertar es lo que nos mata.

MARIA

Ya hace tiempo que despertamos. No logro recordar cómo era el mundo, sólo sé que ya no es lo mismo.

Anacaona interrumpe la conversación.

ANACAONA

Como dice Virginia, "uno no puede pensar bien si no ha comido bien". ¿Quieren casabe con su café?

<u>Todas ignoran a Anacaona y Juana continúa la conversación.</u>

JUANA

Ya no escucho las voces que me decían qué hacer. He dejado la voluntad en ese mundo que ahora es ayer y estoy aquí sin saber quién la tomó, o lo que esté haciendo con ella.

MARIA

Es cuestión de tiempo para que nuestros hijos lleguen y nos cuenten qué pasa en el mundo.

JUANA

Habla por ti, que tuviste hijos. Por mi parte no se sabe quién me ha sustituido, quién escucha las voces ahora, quién se deja guiar por el instinto, quién es la loca ahora...

VIRGINIA

¡Bum! Es lo único que recuerdo. ¡Pum! Otra bomba, otro destierro...

MARIA

¡Ya basta! No puede una tomar un café tranquila sin que vuelva la incertidumbre a interrumpir la paz.

Anacaona levanta una rueda de casabe y la parte en dos.

ANACAONA

Es insensato reparar en asuntos del pasado que ni siquiera pueden recordar.

JUANA

Claro, lo dice la que si recuerda a su gente.

ANACAONA

¿Cómo dices?

MARIA

¿De verdad no lo sabes?

VIRGINIA

Cuando inhalas tus humos de tabaco y te vas a dormir, escuchamos desde lejos como cuentas historias y hablas sobre tu gente.

Anacaona se asusta y se aleja de la mesa.

ANACAONA

Mis sueños, pueden escuchar mis sueños...

VIRGINIA

Son hermosos, pareciera un mundo ideal.

ANACAONA

¿Habrá una curandera entre nosotras?

JUANA

A veces me pregunto si todas venimos de ese lugar.

María toma unas hojas de papel que están sobre la mesa. Mientras, Anacaona mantiene la mirada perdida en el horizonte y se siente confundida.

MARIA

Según mis apuntes sueles llamarlo Jaragua, hablas de tu gente y sobre un fuego...

ANACAONA

Papel, palabras, tinta, fuego, armas, letras, España...

El ambiente se tensa y la iluminación ahora es tenue y de color rojo. Anacaona empieza a tambalearse por la escena mientras pronuncia palabras incomprensibles.

ANACAONA

Arí, arijua, anki, da guákara, guákia guákara, bara, akani, guatú ¡guaibá! ¡guaibá yu!

Las demás empiezan a tambalearse en una especie de danza, Anacaona rompe en llanto repitiendo las últimas palabras. Todas corren a abrazar a Anacaona y quedan juntas en el centro de la escena.

Virginia, María y Juana continúan la danza, alrededor a su compañera Anacaona. Al final de la danza se escuchan noticias relacionadas al legado de cada una de las mujeres que están danzando.

Se escucha la noticia sobre Virginia, esta se detiene y de pie empieza a llorar.

VOZ EN OFF (NOTICIERO)

Conmoción en Inglaterra por el asesinato a tiros de una diputada a plena luz del día. Un sujeto le disparó a las afueras de una biblioteca en la ciudad de Birstol, donde la legisladora se había reunido con un grupo de votantes. Testigos dijeron que también la apuñaló cuando ella ya estaba tirada en el suelo. El sospechoso fue arrestado. La policía británica no descarta que se trate de un acto de terrorismo interno.

VIRGINIA

No hay barrera, cerradura, ni cerrojo que puedas imponer a la libertad de mi espíritu.

Virginia se pone de pie, y queda firme, mirando al horizonte.

VOZ EN OFF (NOTICIERO)

Momento en el cual las tropas rusas , justo ya iniciada la guerra, invaden Polonia, y pasaron por las armas a veintidós mil polacos... Y es noticia hoy también la llegada de soldados y tanques del ejercito de Estados Unidos a Polonia para establecer una base permanente de la OTAN, una medida que aumentó la tensión en la región y provocó una fuerte respuesta del gobierno ruso.

MARIA

¿Qué es lo que he hecho? El mundo se destruye bajo mis pies y mis hijos ya han perdido la voluntad.

María rompe en llanto.

VOZ EN OFF (NOTICIERO)

Otro ataque terrorista en Francia, dos presuntos miembros de ISIS degollaron hoy a un anciano sacerdote cuando celebraba misa. El atentado ocurrió poco después de la masacre en Niza hace doce días. La policía mató a los asesinos, mientras una monja que sobrevivió al ataque, contó como el atentado convirtió a la iglesia en un infierno...

JUANA

La grande se ha quedado sin delfín.

Virginia, María y Juana quedan de pie e inexpresivas. Anacaona empieza a levantarse del piso mientras se escuchan noticias dominicanas.

VOZ EN OFF (NOTICIERO)

Una compañía canadiense desata un genocidio silencioso en la República Dominicana según plantea la organización PAF dominicana. Se trata de una empresa minera que utiliza sustancias tóxicas en sus actividades, afectando a miles de familias pobres. La mina donde opera la filial de las canadienses Barrick Gold y Gold World está catalogada como reserva mundial y es uno de los depósitos más grandes de oro no desarrollados. Para su explotación utilizan de forma indiscriminada, grandes cantidades de agua que luego son vertidas en ríos cercanos, generando graves daños al medio ambiente; además emplean cianuro y otras sustancias letales...

ANACAONA

¡Haití! ¿Qué ha sido del fuego en la sangre de aquellos que destruimos el Fuerte de la Navidad? El enemigo extranjero ha saqueado tus valles. ¿Dónde están mis hijos? ¿Quién se atrevió a dividir nuestro Jaragua?

Anacaona entra en histeria, las demás, al notarlo, salen de su trance y corren a controlar a Anacaona. Quien, al sentir el primer abrazo, llora.

ANACAONA

Flor dorada, eso soy, Anacaona. Princesa del Jaragua, Cacicazgo de Haití. Madre de esa masa que ven tras el haz de luz latente.

JUANA

Guerrera francesa, la Doncella de Orleans, eso soy, Jeanne D`arc. Llamada Santa, por esas tierras de donde venimos todas.

MARIA

Nobel de química y física, primera profesora de la Universidad de París, eso soy, Marie Curie. Radioactiva mi carrera, mis papeles, mi legado.

VIRGINIA

Feminista y escritora británica, eso soy, Virginia Woolf. Una romántica mujer, desilusionada ante lo que me presenta el oráculo.

<u>Se rompe la tensión emocional y la iluminación vuelve a ser ambiente.</u>

JUANA

Desde aquí ya nada puedo hacer, creo que ninguna de nosotras puede. Si tienen fe, oren conmigo.

MARIA

Esta situación supera los límites del conocimiento que desarrollé en el mundo. Esto es algo que deben resolver nuestros hijos.

VIRGINIA

Debe volver a nacer ese espíritu de rebeldía en honor a la justicia.

JUANA

Orar por nuestros hijos, que se haga la voluntad de Dios.

ANACAONA

Debemos nacer en nuestros hijos.

Por un momento guardan silencio y todas miran a Anacaona.

VIRGINIA

¿Qué es lo que has dicho mujer?

ANACAONA

Debemos nacer en nuestros hijos.

MARIA

¿Será eso posible? Estas diciendo algo muy serio y no me das un argumento. ¿Hablas de reencarnación?

Juana se persigna y se pone nerviosa.

ANACAONA

Sólo sé que, si nos enfocamos lo suficiente, podremos lograr que nos escuchen, y una vez exista la conexión, nuestro espíritu irá a ellos, y vivirá.

JUANA

No comprendo nada, ¿Será que ustedes creen en esas herejías?

Anacaona mira al horizonte

VIRGINIA

¡Mujer! habla ya, ¿Qué es lo que vivirá?

ANACAONA

El amor

MARIA

¿Y de qué servirá eso?

ANACAONA

El amor debe nacer en todos nuestros hijos. Tus hijos son opresores de los míos y si nace el amor en ambos, la paz será posible.

VIRGINIA

Empiezo a entender.

JUANA

¿Cómo piensas lograr eso, princesa?

ANACAONA

Tomará tiempo, pero solo es cuestión de esperar. Debemos mantener a nuestros hijos en mente, tratar de hablarles de vez en cuando, hasta sentir el punto, la conexión.

MARIA

¿Luego qué?

ANACAONA

El amor hará lo suyo. Crecerá dentro de las masas un corazón nuevo, en una criatura, que puedes ser tú...

Las cuatro mujeres alzan la cabeza y hacen un paneo al público.

ANACAONA

... O podría ser aquel que surja de la lágrima de un pétalo.

VIRGINIA

Me siento extraña.

María va a socorrer a Virginia que está a punto de caer.

JUANA

Quiero ayudar.

MARIA

Creo tener algo para los mareos en la mesa, ve por ellos.

JUANA

Aquí sólo hay pétalos de una especie que no conozco.

ANACAONA

Traelos acá.

MARIA

¿Qué es esto?

ANACAONA

Lo que estábamos esperando.

Virginia recobra la compostura al ser tocada en la frente por Anacaona. La voz de virginia ha cambiado, ha llegado a tener otra fuerza en su espíritu.

VIRGINIA

Tomen un pétalo y siéntanlo.

TODAS

Sentir, como el viento que sopla de tu nariz, un aliento. Terciopelo de esta flor, en una delicada y fértil caricia, poliniza en el corazón de nuestros hijos...

JUANA

... La fuerza que una vez fue mía.

MARIA

La perseverancia que alguna vez me caracterizó.

VIRGINIA

La sensibilidad que me trajo hasta aquí.

ANACAONA

El amor rebelde, que marcó en la historia el significado de unión en una comunidad.

Apagón. Seguido de un sube y baja suave de la iluminación roja, que muestra una composición donde las mujeres se abrazan. El efecto sube tres veces con el sonido de un corazón latiendo y con el apagón final se escucha el llanto de un bebé.

Fin

ACERCA DEL AUTOR

Nacido en Constanza, La Vega, en 1996. Nelson Fernández se inicia en el teatro desde muy joven en la escuela, pero con gran influencia musical de parte de su familia. Fue en 2009 con el programa Sembrando Teatro que descubre pasión por el teatro.

En 2013 inició sus estudios en la Universidad APEC, motivado no sólo por la carrera de publicidad, sino también porque le emocionaba ser parte del grupo de teatro creado por la gran Germana Quintana y dirigido por la soberana actriz Lidia Ariza, pero justo había pasado la audición y no logró entrar en ese momento.

Continuó su formación teatral en Teatro Las Máscaras y con el grupo Anacaona Teatro. En 2016 fue parte del equipo gestor de la 9na Bienal de Teatro Grupal. En 2016 logró integrarse al Grupo de Teatro UNAPEC y desde entonces se mantuvo activo en el grupo hasta 2020. Descubrió en esos cuatro años una pasión por la dramaturgia y gracias a la fuerte agenda anual del grupo pudo escribir y ver sus primeras obras en escena.

En ese marco temporal escribió "Flor de Fénix", "Suave", "Jardín, la verdad de Mantis", "La Peste Rosa", "Uno, dos, tres", " La Machaza", "Silente" y "La Madre trofeo".

Flor de Fénix

Nelson Fernández

Obra de Teatro

ISBN: 979-8-36-395670-6

www.ingramcontent.com/pod-product-compliance
Lightning Source LLC
LaVergne TN
LVHW021353160826
845679LV00008B/1603

* 9 7 9 8 3 6 3 9 5 6 7 0 6 *